光詩集名稱「好人」這二字，就是無限能力的神，創造人類時，疏忽忘了填下註解的空白。於是這兩個字，讓人看了，總是酸楚、委屈、時光中的秘密守護卻總如背棄之城，說不出的哀該，像在激流中潛泳，任意一種荒謬之惡漩渦，「我想當個好人」就會讓你溺死、斷肢殘骸、成腫泡死屍。

宋尚緯說：「我只是不想再成為這個循環裡面的往復不休的一個齒輪而已。」

好人，是一個選擇之後，於是將我的存在放在一個外於人類法則、本性之外的，像彈鋼琴者故意演奏難度極大，手指跳躍琴鍵的跨度、或故意躲開，也許，也許像一截章魚的觸肢，那個原本可能因為不當好人的「我」可以生存，卻終被消滅，但那軟軟的一截，「好人」之願想，那麼多它曾觸探過的淚水、傷口、深海的岩礁、最深的黑，它都運算過了，猶豫過了，像這本詩集，抽搐著，孤獨著，那麼美麗。

——駱以軍

好人

宋尚緯

宋尚緯，一九八九年生，東華大學華文文學所創作組碩士，創世紀詩社同仁，著有詩集《輪迴手札》、《共生》、《鎮痛》、《比海還深的地方》與《好人》。

我想做個好人

推薦序　李屏瑤

有陣子我取消追蹤宋尚緯的臉書。

我們還是朋友，只是暫時不讓他的狀態顯示在我的動態牆上。他發出的文章量實在太大了，是上本詩集《比海還深的地方》的狀態，可能丟出的訊息難以預測，也如同封面的藍深邃，往裡頭看，深處有黑色的洞窟。大抵跟他的創作速度相輔相成，他關注各種議題，大量吸收資訊，迅速回應產出。當時會取消追蹤，是因為自身遭逢了一些事件，感受到自體黑洞的生成，必須維持某種動態平衡，才能避免被吞噬，於是別開臉不看。

電影《無間道》的台詞這樣說：「我想做個好人，為什麼不給我機會？」生活有時像一場爛戲，我們是拿到爛劇本的演員。有時候為了繼續當人，繼續生活，就必須捨棄那些對「好」的追求，人都快當不成了，要好是種奢侈。在跟朋友的談話中，我漸漸也成為建議對方自保的人了。生活比海還深，陷溺後便是流沙，你無法徒手拔出流沙裡的人，在拯救溺水者之前，你必須先呼吸。在我能夠順暢呼吸後，我又把追蹤加回來了。

（宋尚緯同學請注意這一句就好，若需要截圖檢查請私訊我。）

偶爾我也對世界有巨大的憤怒，想要擁有一本死亡筆記本，寫上一些名字，但如果凝視著那深淵太久，你有可能會成為怪物本身。讀《好人》時，那些憤怒感又回來了，但我突然想起羅智成的名句：「我心有所愛，不忍讓世界傾敗。」愛有其複雜的折射面，以愛之名反應的不一定是表現的樣子，看起來離得最遙遠的，也不一定不可能是愛。

我遂斗膽猜想尚緯的憤怒是源自於愛，世界理應更好，但沒有，生而為人理應有一定的品質，但也沒有。對世界源源不絕的愛，是詩人內裡的永動機，滾燙鮮明，難以直視，不憤怒便會變得平靜，不憤怒就會慢慢被同化。寫詩是鎮痛，如安神之符，才有與這些痛楚憤恨共生的可能。寫詩也可能是提醒，儘管像是寫在沙灘上，每日每日地受沖刷殆盡，但總是要寫上新的詩句，讓誰得以抓取，得以看見這一瞬之光。如同口吹玻璃的技術，用強悍直接的熱力，去煉取一枚結晶，看見結晶的時刻，人們還能記憶滾燙，不要太快冷漠，要努力不被世界改變。

你是個好人。（看完這篇不要刪我臉書。）

還好好活著的人都是好人

自序

0.

有的時候我會問自己，自己算不算是個壞人。

1.

我從小到大也做了許多「壞事」，偷竊、說謊、打架、翹課、頂撞師長、不敬長輩，在我成長的這些時間中，我是做了這麼多令人頭疼的事。有人說年輕的心思總是曲折、難以理解的。當然難以理解——就是因為連自己都不理解自己在想些什麼，所以才做出這麼多令人頭疼的事。

從我有印象以來，我的生命就沒有目標，從來沒有。我不敢說自己活在多艱困的環境，但總的來說，也不是一個令人能夠安心生活的狀況。我沒想在這說自己經歷過什麼，也沒想說其他人都對我說過些什麼，因為那些畢竟是「我的事情」。雖然有些事至今仍令我想哭，但那些也都是過去了。只是有的時候我會想，只是想——像我這樣子的人，到底算是怎麼樣的人。

2.

在我活到現在為止這有限的時間內，因為自身不慎犯的許多錯，與命運安排的緣故，我看過許多「壞人」。他們有各式各樣的，有沉迷於暴力的、沉迷酒色的、沉迷於慾望的、沉迷於控制欲的，無論這些人是什麼樣子的，他們都有一個共通點，全都像是走在鋼索上的人，稍不留神，就會摔得粉身碎骨。

還有一種人，常常造成他人的痛苦，但我卻說不上他們到底是好還是壞的人——那些沉迷在自己「善意」之中的人。

人都有自己的信念，或者說那些信念不過就是我們所擁有的價值觀，當價值觀碰撞的時候，人們就會為其起爭執。和平的我們所能看見的各種爭執，大抵上都來自於價值觀的碰撞。

有的時候我會想，我有什麼信念嗎？

我想到自己成長的過程，無時無刻不充滿憤怒。從早晨睜開眼到晚上闔上眼之間的時間都處在憤怒中。過去的我因為自己而憤怒，而最近幾年的我則開始會因為他人而憤怒。我在之前說過，我為那些無解的事情感到憤怒，然而世間所發生的事情，絕大多數都是無解的。

或者是說，解決的辦法都必須傷害其一。

3.

於是人是這樣不斷地傷害他人與被傷害而成長的。

人是作為各式各樣的材料存在於世界上的，但不管是什麼材料，成長到一定的年紀，都會逐漸被世間磨得越來越薄、越來越銳利，最後成為一把利器，斬人斬物無往而不利。

同樣的一把刀，有人選擇將利刃對準他人，有些人則選擇將利刃指向自己。

4.

意識到這件事情後，我一直在想我是哪一種人。我是將利刃放在他人身上的人，還是將刀口指向自己的人？

我哪裡都不是，我只是想讓自己維持原樣的材料而已。我只是費盡心思，用盡一切氣力也想逃過那些將自己磨得鋒利並傷害他人的念頭而已。

我只是不想再成為這個循環裡面的往復不休的一個齒輪而已。

5.

人的快樂和悲傷都是暫時的。然而快樂總是過了就頭也不回的走了，悲傷卻總會不斷地往返在自己和記憶之間。但無論記憶有多麼地漫長，那些快樂或悲傷都很有可能只是一瞬間的事情罷了。

從我開始寫詩到現在，有幾個狀態是我的主軸，在一段時間內，我寫詩的時候會有一個最主要的心理狀態，最開始的我寫詩為了自己的痛苦，前幾年的我寫詩為了自己的憤怒，最近這一年多來的狀態主要則是為了能讓自己更平靜一些而寫。

我知道自己沒有立場叫任何人放下痛苦或者憤怒，然而對我來說這樣已是最好的狀態了。我知道世間的一切都是暫時的，然而我也曾經有跨不過那個暫時的時候，所以我也總無法和跨不過的人說，這一切都是暫時的。所以只能寫詩了。我寫詩並不為了藝術，也不為了什麼高度，最初只是為了活下去，而到了現在，我只是有話想說，卻又說不出口。

人其實是極為複雜卻又簡單的動物，我們可以做出許多極難理解的行為，就為了遮掩一個極為簡單的動機。許多時候，我們想說的也只是寥寥數字，卻用長篇大論將那些核心埋藏起來。

6.

在這一年裡我開始被工作所淹沒，發生了許多事，也在工作所附帶的經歷裡感受到了許多事情。這些年來我和越來越多人告別，每一次和他們告別的時候我都會想，在這世間走這一遭到底是為了什麼？

我們都庸碌無為，拼命地在生活中掙扎求生，然而每個人都有每個人的困境，我在生活中遇到越來越多痛苦的人，每一個人都將自己的痛苦抱得緊緊不放——想來也是啊，畢竟是那麼地痛啊，畢竟已經是自己無法忍受的範圍了啊。我這些年來在力所能及的範圍內外幫助了一些人，有些人成功地「恢復」，回到「正常」的生活，而有些人則連生活都開始失能，於是我開始猶豫自己的行為到底是不是正確的。

我沒有答案。

7.

我只是想到了我自己，過去的我自己。

過去的我在生活中能依靠的只有自己。痛苦也好，傷心也罷，許多事情我自己承擔。我笑嘻嘻，因為我不希望被他人同情；我試著用挑釁的態度面對其他人，因為我不希望自己被欺負；我嘲弄自己，因為搶先他人嘲弄自己就不會被他人當作武器傷害自己。

我在想那個時候的我，很希望有人來幫助我吧。但後來想想，還好沒有人在那個時候幫助我，否則我可能一輩子都站不起來。於是我想，許多人需要的可能不是扶他起來的力量，而是意識到有人在旁邊看著他起來。

人真的很複雜，用同樣的方式去對待一百個人，可能會有一百種結果。

我只是告訴自己，成為冷硬的石塊，也是一種對他人好的方法。

8.

想來也是很困難啊，我是說寫作。寫作的人說自己不在意他人的觀看那九成九是假的，因為無論看起來再怎麼樣不在乎的人，實際上還是會在乎他人的評價，這似乎是寫作者的一個共有的業障吧。人會「說話」，畢竟還是希望有人能「聽」。

但生活也是一樣的。沒有人是不需要被肯定的。所以不要為此而羞恥，但要因此而警惕。

9.

我到現在還是不知道自己究竟會不會一輩子寫下去，這世間不知道的事情太多了，但就是因為不知道，這一切才有去經歷的價值。就像有些親戚總在我國小時說我活不過十八歲一樣，我不活到十八歲，我怎麼知道他說的到底是不是謊話，我要是沒有繼續活下去，怎麼會有今天的我？

我的一生中有許多低潮的時候，在谷底的感覺很痛苦，像是再也沒有辦法繼續下去了一般，甚至感到窒息，整個世界都像是在排斥自己一般，只是再痛苦的時候也有過去的一天。

有人將生活比喻成馬拉松、有人將生活比喻成前進邁步，但其實都不是，因為無論你願不願意，時間都會繼續推動下去，你停下的時間只屬於你自己，與他人無關。沒有人會停在原地，只有不斷地回到原地，回到那個悔恨的自己，回到那個痛苦的自己。

我不覺得自己是個壞人，但我也不覺得自己是個好人，我只是個試圖看清楚痛苦，跨越過去的人，僅此而已。我不覺得這世界上有多少人真能被稱為好人，但同時每個人都是好人，還好好地活著的，都是好人。

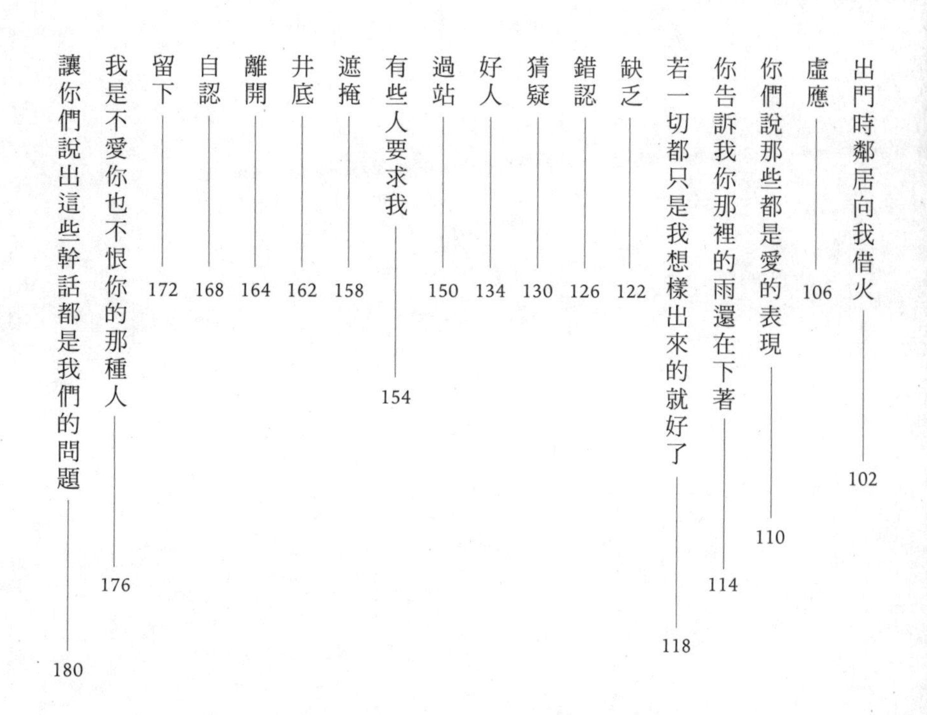

雷雨

二〇一七年二月十六日

我知道有一場雨
在遠方降下
知道在那些時間裡
該發生的，都發生了
人們慌亂地收起衣物
試圖將其分類
像是存在都必須
有其用途，像是
巨大且精密的儀器
我們是零件
所有用途都導向虛無

他們最終都懂了
關於謊言的技藝

沒有誰握有的
是純粹的虛無，像一把
在暗處的火
必須消耗一些什麼
才能繼續燃燒
過去我以為那是黑暗
現在我知道
沒有誰的黑暗會自己亮起

我們都以為
那些事物應該要更純粹
更像閃電
我們所以為的那些痛苦
都在雲層中
學習如何傷害彼此
彼此間不斷磨擦
像是有火花
悄悄將世界點燃
我們在火中

以為自己是巨大的閃電
擊穿沉重的空氣
手握更大的陰影
不知所措地立在原地

我相信沒有一個謊言
是純然虛構的
一場雨必然要從雲落下
所有虛妄的閃電
都試圖從我們面前經過
你知道人與人之間
最困難的陳述
是我相信你
像是我將刀柄授與你
你進或者退
我都將一無所有
像雷雨過後
雲都會失去閃電

磨損

我相信萬物
都會不斷被磨損
有的時候那代表脆弱
更多時候
是變得尖銳

越來越耐不住熱
像是再多一點
就會被融化
成為萬物憤怒中的
其中一隻蟲子
在生命中竄動
在離自己很遠的島上
為未知的事物流淚

二〇一七年三月三日

人在世間學的最多的
就是拿起一把鑰匙
打開一扇錯誤的門

同樣也耐不住冷
在離去的時候
誰給你擁抱，讓你誤以為
這些世間的往返
都是真實。真實再不過的
是比知識更早的
比光，比聲音更快的
在我們仍對其一無所知時
就流淚的事物

曾以為萬物是無窮盡的
但我知道，萬物
終有殆盡的一日
看著自己被點燃

我在火的身體裡
將自己的故事不斷掏出
卻沒有一點火住到
我的身體裡，慢慢枯竭
語言成為餘燼
沒有誰再能點燃

黏合

像是反覆跌宕的重音
在我耳邊
試著陳述同一個故事
細節微微地發亮
舉目皆是荒蕪
我們都曾經那麼暗過
也曾經那麼冷
如今，那些都已是
另一個故事了
任我們有再多輝煌
有再多的音節
梗在喉中，那些未竟的
語言卻都是我們
在記憶裡遺落的鑰匙

二〇一七年三月五日

我聽到雨滴落下的聲音
滴滴答答，錯落
打在屋簷上，打在
那些昏暗的燈光裡
我關上窗，試著讓自己
和世界間不那麼親近
所有太靠近的
都太接近暴力
那些試著將我們聯繫起的
例如語言、文字
或者是彼此的名姓
將陰影點亮
此刻。是的，我說然而此刻
所有語言都微微地泛黃
像我們的記憶一般

已是深夜了
萬物像是一個整體
靜謐且龐大

我們以為所有事物
都有形體
例如人。
總在群體中
學習如何打碎自己
將自己變成群體
在獨處的時候
漸漸將自己湊齊
一點一點黏好
試著成為完整的人
沒有誰是好不了的
因為從來也沒有誰是好的
已經太晚太晚了
所有故事都走到夢中
那些黑暗的事物
看著竟也是微微亮著的

雜質

我們在夜裡
洗自己的聲音
用雨水
用更多的聲音
洗掉多餘的
那些枝枒

我們以為
多餘的都該捨去
像耕種一般
將不重要的枝幹
剪去，讓其他
不那麼甜美的果實
變得甜美

二〇一七年三月十二日

我們說話
說許多話
將那些語言
埋在樹的根裡
讓他成長
長得和我們一樣
令石頭和他對話
聽每一個字
都充滿雜質
聽每一句話
都像荒野一般
乾涸的裂痕
在彼此間蔓延

你知道
我們失去的時間
都並沒有失去
故事包覆著我們
逐漸地滲透

將我們變成故事的模樣
像那些樹
以為自己充滿雜質
每個下雨的夜晚
都靜靜地洗自己的聲音
像是這樣洗
就能夠更純粹
更像自己一點

錯覺

二〇一七年三月十八日

0.

「未曾有一事，不被無常吞。」

——《佛說無常經》

1.

我以為我
時時恨
恨不能將體內
燃燒著的火
取出來讓它自然地散去
像人自然地死一般

2.

我以為三月
是最殘忍的月份①
昨天是最冷的日子
今日的太陽
差點就點燃我的影子
我們的根
在土裡結冰
在土裡死去

3.

我以為我
握著無數把鑰匙
有無數個門
待我開啟
最後發現全是同一把鑰匙
沒有那扇門。

4.

我以為我們
有足夠的語言能被詮釋
我們有更多的語言
久未被造訪
我知道有這麼多、這麼多
從未被發現的謊言
在陰影裡流竄

註① 原句為「四月是最殘忍的季節」，借句艾略特〈荒原〉。

5.

我知道陰影
轉身就能成為光
不是本來就是
而是它可以變成

6.

我們的城被雨掩埋
在雨的身體裡
就像自己是雨
我在更遠的地方
看見自己，在很近的
雨中看見無數個自己

7.

每一個都是
仍在荒蕪中的我

8.

我知道有太多事情
無法談論，彷彿
語言刻意迴避彼此
我看見有更多
更多的時刻，大雨落下
成為嶄新的河流

9.

我閉上眼
知道自己在黑暗裡
感到安心，我以為
自己和世界成為一體
有時我看見黑暗
從身體的枝幹開始蔓延
有時我
看見自己就是黑暗

10.

語言從身體抽離
緘默成為彼此的訊號
我知道語言
是多麼脆弱的存在
我知道，我知道
有形的事物都逐漸
步入虛無的世界
有時我看見他人的黑暗
像看見自己的黑暗
同樣地沒有道理

11.

大雨落下。
大雨就要落下
大雨正在落下
成為我們的身體

12.

你來，告訴我這一切
在醒與睡之間
有任何分別嗎
我們看見的
是同樣的事物嗎

13.

我不敢繼續問下去
像你不敢繼續看一般

14.

我在自己體內點火
我以為自己想
將它熄滅
讓自己像是灰燼
被風揚起
被雨打落
後來才發現
世界在每個人的身上
都放了一把不滅的火

15.

你告訴我
所有的記憶
都充滿了不確定性
有可能被混淆、塑形
揑造，甚至是刪去
像我們的愛

16.

我以為
世間一切物
都特別地真

17.

像是海市蜃樓那麼真
走到面前
才看到光影散去的荒蕪

18.

我知道，關於感受
像躺在泥土裡
讓所有的蟲子爬到身上
以為自己是橋梁
每一個細微的縫隙
都要仔細地堵上
思考如何才能更像萬物
更像純粹的自己

19.

觸碰後才能發覺
人是如此地冰冷
我們觸碰每一個細節
每一個細節
最後都成為禁區
冰冷、僵硬，像是
一塊沒有溫度的金屬

20.

我以為每一顆塵土
都有自己的感情
我們是無數的塵土聚合
大雨落下
讓我們擁有自己的身體
雨水停歇時
也會再度變回塵土

21.

你告訴我，仔細傾聽
萬物都有自己的呼吸
我以為萬物
都有自己的判斷
能夠選擇自己要成為的事物

22.

我知道我的雨還在下著
我的身體
已經有太多太多的雨水
你那邊的雨已經停了
我知道，我知道
我只是以為
你那邊和我這邊一樣
我們擁有同樣的身體
擁有同樣的謊言

23.

甚至擁有同樣的錯覺

我以為人就是物

二〇一七年四月四日

1.

沒有什麼時候
比現在更需要落雨了
我想我總是
為生活而苦惱
明明知曉
沒有什麼比多疑的人
更令人傷神
我像大寫的問號
（學習什麼都使用
一個簡短的大寫去強調）

記起多年前
你為我手洗襯衫
慢慢地搓揉
那些多疑的泡沫
被你一一洗去
我知道你也撿起石頭
將那些稜角一一抹去
——靠著搓揉那些
多慮的衣物

2.

我們沒有什麼好說的
例如那些龐大
卻又細微的陰影
你要我承繼那些憂鬱
不——你說的是
獨自繼承那些光明
像是世間沒有暗處
不可能的
這是不可能的
我們都知道有些事物
陰暗卻又柔軟
（雖然世間多的是
堅硬又陰冷的事物

例如我們窗外
那不時鳴響的蜂巢）
有些事物，甜美
充滿幻覺，像危險的毒藥
像你在我身旁
替我繫上細微的蜂房
（有的時候
我以為那會流出奶與蜜
像你描述的乳房
我是指——我是指
我並不指涉任何他者）

3.

我想這些愛
並無特殊的意義
更多時候它像一場
盛大的酸雨
平均地下在眾人身上
我為他人的傲慢
而憤怒，像一株
不斷在火中消失的鳶尾花
我撿起許多的落葉
將每一片葉子
仔細地搓揉，讓他散落
在地上
——像你們總說的愛
沒有任何預兆
一切解釋都像是羞辱

我決定愛你
又或者我決定恨你
我們揮霍自己的年輕
懂得的事物太少
不懂的事物也太少
——我們根本不知道
自己不知道些什麼
我們在語言中狂歡
不懂自己的愛，多麼沉重
多麼腐敗，多麼傲慢
遠遠地我就聞到
那酸腐卻甜美的味道

4.

我以為人並沒有形狀
我試著待在正義的身邊
變成正義的形狀
處在邪惡的腳邊
成為邪惡的典範
我躺在地上
希望成為泥土
我臥在溪流
試著成為河海的一部分
我要你試著喊我的名字
身體告訴我

應該給自己一些限制
你的手指撫過我
我就成為你的樂器
你要我變成你
我就成為你專屬的器物
我以為人就是物
只是人都以為自己是人

呼吸

二〇一七年四月二十六日

我知道，在傍晚
我們穿過樹林
走過那些與自己相似的樹
每一株樹都這麼像
像我們看見的另一棵樹
我們都那麼專注於
他人的模樣——
像是春天的夜晚
我們都變成彼此的容器

我把你放進
我左胸的口袋
以為那樣離心更近一些
可以與你更靠近一點
我拿一把刀在身上比劃

找到那些癢的地方
輕輕地刺下去
那些意願從來不是重點
我們在成為彼此的容器時
不也沒有問過彼此的意願

夜裏，雨突然大了起來
以為彼此的距離
隨著雨更遠了一些
我想起你
總喜歡問我的那些話
——我是說，
當你說愛的時候
我是那棵樹
和我相似的那棵樹
我站在那兒，風吹來
我有沙沙的聲響
我站在那兒像樹一般
被你抱住也不逃跑

我們之間是近的
我們知道彼此的紋路
包括寂靜時
彼此呼吸的聲音
每次我說愛的時候
雨就下了起來
我只聽見雨的聲音
還有彼此的呼吸

這裡

二〇一七年五月三日

我們又來到了這裡
走的路又更遠了一些
我知道，這些知道
有的時候
是如此殘酷
就像暴雨瞬間落下
我知道一切事物
都有最佳與最壞的時刻
然而我們總在
最壞的時刻
碰見最壞的彼此

我們確知的一切
就像除去迷霧的路

我們看見危險
但危險也看見了我們
我說唉呀
我們該走了啊
就像我們從前所做的一樣
前方有海
這是懸崖
我們該走了吧
轉頭就走也是一種前進吧

我分不清楚
什麼顏色更鮮艷一些
我知道問題不在這裡
所有人都以為
問題在問題裡
我們都恐懼被他人代言
卻總是噤聲
像是安靜的蟲鳥
在靜謐的叢林中

進行莊嚴的秘儀
我不知道什麼是更重要的
曾以為說出來的是重要的
卻發現沒說出口的
更重一些

他把身體忘在這裡
把痛苦帶走
讓痛苦折磨自己
讓自己沉在最深的海底
他把痛苦忘在這裡
帶走了身體
卻找不到自己的重心
我們都忘了些什麼
又帶走些什麼
在身體的叢林裡
我們虔誠
卻又不信

我們帶著燭火
卻又閉著眼睛

什麼時候我們記得的會是那些輕撫過我們的風

二〇一七年五月五日

1.

人們把得來的愛
都鎖在身體裡
把摘下的謊言
都放進自己的心裡
什麼時候
我們開始沒有底線
我們什麼時候會記得
那些吹撫過我們身邊的風
而不是那些劃過我們
尖銳與帶血的蒺藜

2.

我們用著相同的語言
說著不同的謊話
我們都有言不由衷的理由
像是一陣雨
雲承受不住它就落下
每個人都是逼不得已
每個人
都知道自己應該像一陣煙
逐漸稀薄
逐漸被吹散
逐漸被一陣雨帶往新的地方

3.

偶爾也想放棄
那些等待太漫長了
為了一顆果實
承受更多的暴雨
我們都在谷底
看著橋
等著誰也落下來

4.

以為一切
都該更簡單一些
餓了就吃
累了就睡
別期待那些尖銳的
變得圓潤
別奢望那些傷人的
變得柔軟
日子多過一天
我們就更短一些
短到最後
就再也看不見自己

自私

二〇一七年五月十五日

有的時候不想說話
例如現在
窗外下起雨來
雨的對白淹沒我們
為了聽到彼此的聲音
我們選擇沉默
但彼此之間只有雨的聲音

我們不再適合
為彼此描述形象了
所有情緒
都像雪落到人的面前
在我們的指尖

迅速消融，或者
將我們也變成雪

這一切都太難以陳述
生活總是在兩難之間
找到一條不那麼危險的路
大雨就要落下
我們得各自找到
躲雨的地方
大雨就要落下
我們在一起只是
一起成為雨的俘虜
大雨就要落下
大雨已經落下

我們知道這條路上
有些傷口橫在中間
我們知道那些傷口正在潰爛
我知道那些傷口

不處理就不會癒合
我們知道我們
拿謊言填補缺口
拿霧霾縫補傷口
有些時候我知道
說一些無關的話是必要的
我總看到有些人
說出一些尖銳的話
將彼此用力折斷

並不

二〇一七年六月一日

「我把故鄉給賣了／愛人給騙了
但那挫折和恐懼依舊／但那挫折和恐懼依舊」
——〈情歌〉．草東沒有派對

你知道憤怒
像岩漿流過自己的身體
像在地底
形成巨大的網絡
每一條路
都成為你的絕路
你後來知道
那些都是後來的事了

你不明白
深愛的事物
為什麼最後都變成惡夢
像那些痛苦
最後都成為谷底的回音

你從沒想過
要傷害誰
你握著無數把刀
最後每一把刀
都插在自己身上
你靜靜地等待
所有給予的有所回應
而你明白
就像一顆石子
投入湖水
你收不回石子
只有撈不起的漣漪

你知道早該
將眼前的一切毀滅
你本以為有些錯誤
存在也是合理的
你知道我們
都像是在山路上遊蕩
最後一無所獲
再走到海中
任海水沖走
一無所有的自己
你向我說有些事情
你本以為是正確的
後來知道並不
你說有些犧牲
你本以為是必要的
後來知道並不
你說你本以為人
都有活著的權利
後來知道並不

矛盾

二〇一七年六月二日

我們所有的問題
都源自於擁有的與理想
相距甚遠
想要和平要握有武力
想要未來要擁有現在
想擁有快樂
要先握有痛苦

要能選擇不和諧的選項
要擁有能決定和諧的權力
要保有善良，需識得殘忍
要救一個人
要有毀掉一群人的勇氣
一群人的快樂

或許是一個人的地獄
要擁有勇氣
必須先擁有懦弱
像一簇盛開的火焰
也必須擁有
看似不需要的氧氣

所有謊言
都藏有部分的真話
大多動聽的話
都埋著相對殘忍的比喻
要有自由
必須對不自由做出選擇
一些人要活得自在
就會有另一些人
活得不那麼自在
我們清早起床
看著太陽落下
所有荒蕪的代價

即使我們並不擁有任何
被我們使用過的時間
也要一併承受

有的時候想
我們再說一些話吧
再說一些話
也許未來再也無法說了
我們再說一些
無關緊要的話吧
有的時候那些語言
不使用也許就
再也無法使用了
以為事物都有額度
但生活是這樣的
當你在這邊放上一些砝碼
另一邊的砝碼
就減少一些
就像水，不真正消失

但他就是不在那了

他就是不在那邊了

媽媽

二〇一七年六月六日

媽媽，你告訴過我
別隨便將自己
攤開在他人的面前
讓人看到柔軟的自己
是羞恥的。你說。
直到現在我仍不明白
該羞愧的是那些
尖銳且堅硬的人
還是那些備受傷害的人

我們擅於替人分別
對與錯，正義與邪惡
快樂與痛苦
也許這樣

擅自下判斷是錯誤的
就像那些在
靜謐的時間裡
所經過的每一簇火焰
但有的時候
除了下判斷之外
沒有其他
可以落腳之處
讓我們前進

媽媽，你告訴我
那些是錯的，例如
那些脆弱——
世界總是沒有錯的
世界總是正確的
世界，世界並沒有
告訴我們什麼才是正確的
我總想問你，媽媽

當你受到痛苦的時候
是如何思考的
像是被火燙到
被針刺進身體裡
我們所擁有的痛苦
是相同的嗎

我有的時候總想問你
你說的是
社會化不夠的我們
是羞恥的嗎
像一棵樹要與另一棵樹
有著極為相似的特徵
極為相似的生態
我們身為社會的我們
也應該是要相似的嗎
把自己的痛苦
忘在記憶的角落

跟大多數的人
擁抱大多數的快樂
例如金錢——
那些看得到的
花得到的，例如那些
無盡的慾望，我們
歌頌那些物質所形成的潮流
有些人說，像一股浪
那我們得浪起來啊
像花白的浪
像雨水打進海水裡
我們就要像這樣
身為一個少數要融入多數
要浪起來啊，要浪起來
我們是後浪
但是後浪總被前浪
擋在後面
等著前浪的消亡
靠磨損自己成為另一個前浪

媽媽，你告訴我
你想說的是這些嗎
你想說的是
這些我們受過的痛苦
都是你曾受過的
所以這些痛苦微不足道嗎
你想說的是
我們擁有相似的生命
但是所有相似的痛苦
都會導向相似的命運嗎
我浪啊，我浪啊
我已經不是我了
是一股浪
我知道自己只是龐大世界裡
微小的一粒塵埃
我知道我只是巨大的浪裡
細小的一點微細分子
我知道我們的痛苦
在他人眼中

都只是巨大機械下的
一顆不起眼的螺絲
我知道這個世界
看的是形式
本質藏在人的靈魂裡
而靈魂
而靈魂在哪裡

媽媽，你告訴我
我們有靈魂嗎
如果我們有靈魂的話
為什麼人類總認為
他人的痛苦都是輕易的
如果我們有靈魂的話
為什麼人類
總喜歡代他人發言
像是我們沒有靈魂
可以決定一陣風要往哪吹去
像是我們沒有靈魂

可以說出心中的話
我們有靈魂嗎
我們是一棵樹嗎
一棵樹有靈魂嗎
我們沒有靈魂嗎
所有人都喜歡將他人的生命
掛在口中
這時沉重的命運
會變得輕易，一句話就可以
輕輕提起，隨意棄置

我就快要爆炸了

二〇一七年六月二十九日

我知道自己
就快要爆炸了
太多情緒住在我的身體裡
像一尾擱淺的鯨魚
萬物在我的體內運行
那些不屬於我的事物
都成為銳利的刀
試圖成為我的缺口

後來我才知道自己的模樣
我們都是透過他人
才了解自己的樣貌
你說我是乖孩子
我就成為一個乖孩子

你說我生來撿角
我就成為缺了一角的獸
你要我成為你的玩具
我就真的成為你的玩具
後來我才決定自己的模樣

我知道自己
正走在你曾走過的路上
像你一樣
成為一個不如己意的人
你說每個人手上
都有一副牌
有的人天生握有好牌
有的人生下來
恨不得將牌扔進火裡
有些人天生站在高點
有些人
注定從遠方走來

我知道自己就要爆炸了
我走過每一個路口
決定往哪裡前進
我知道有些人
連路都長在他人的話裡
我知道自己
走過的每一條路
都擁有自己的意志
我知道自己就要爆炸了
我決定了自己的爆炸

餘地

二〇一七年七月十五日

窗外下起了雨
你記起自己走在路上
看見一攤水窪時
為了不讓自己的鞋髒
選擇避開它
我們也可以選擇在屋內
靜靜地躺著
像是自己正在面臨死亡

許多事情無法選擇
像是今天的雨
暴烈得像命運一般
將我們推倒
像是其他人將自己的人生

放在我們身上一樣
我總是選擇沒有選擇的那一邊

我在雨中像是在火裡
雨下得更大了些
通通下進我的身體裡
以為自己可以作一個容器
裡面裝些快樂的事情
今天和你吃了什麼
去了哪裡，看了什麼風景
看了什麼相同的事物
之後才知道
即使是同樣的景色
每個人看見的仍是不一樣的東西

我知道有些事情能夠選擇
譬如我們還乾淨時
能選擇自己要不要髒
但渾身泥水的時候

你只能讓自己習慣
作一個容器
讓那些還沒髒的人
有能夠選擇的餘地

你們別再談愛了

二〇一七年七月二十三日

在一切開始前
我想向你坦白
我是這麼樣的一個人
在夜裡入睡時
要留一盞燈
怕自己無法從夢中離開
以為自己像音樂
卻不斷重複相同的旋律
以為自己有重心
卻稍微傾斜就飄了起來

我恐懼自己的銳利
和他人的銳利是如此地相似
我躺下以為自己

能就這樣回到自然
血變成河流
肉成為山林
以為自己是座空城
誰住在城中
誰就是這座城

有些人告訴我
愛就是要連那些
痛苦與醜陋一起愛著
告訴我將銳利的自己
插進碎石堆裡
讓自己的刀刃
變得能夠擁抱他人
有些人告訴我
愛是一種無可比擬的幸運
但沒有人告訴過我
找愛這件事情並不

有些人引誘我
挖出自己的心
試著換取別人的心
我將那些銳利的自己
都對著自己
那些我以為的愛
都成為一把把刀
插進我的生命裡
令我成為下流的玩偶
最後再說這一切
一切的一切
都是我的選擇

你們別再談愛了
你們的愛太下流了
你們的愛
是要我愛你們
你們的愛
是要我用自己

換乖寶寶集點卡
你們說愛我
但都將我的血
當作溪水喝下去
將我的肉
變成山林吃下去
你們的愛
是在白骨堆上的一座空城
誰住了進去
你們就吃了誰

落雨

我試著和自己
淺薄的語言對話
像是某些時候
我只需要陽光
空氣及水就得以存活
像是到了午後
陽光穿過我
讓我更透明一些
更像自己的謊一點

我試著讓自己
不那麼傷心
做些快樂的事
讓痛苦離我遠點

二〇一七年八月十八日

你知道世界
不總是對的然而
也不總是錯的
像你一樣
你不總是邪惡的
然而你
卻也不是善良的
以為自己是一根蘆葦
風往哪兒吹
你往哪兒倒
但沒有風的時候
你不知道該往哪去
影子朝向何方
你就嚮往何方

他說要更自私一些
更聽自己的話一點
有些人深知某些自私
是一種傳統

他們說這是一種禮物
像是儀式
像是神在你的肩上
輕輕將命運賦予你
（然而誰沒有命運呢
有些命運被欣然接受
有些人卻連存在都是罪過）
你和自己對話
像蘆葦站在夜的水池中
雨落了下來
打進你的身體裡
一時萬籟俱寂，天地肅穆
一切他物歸於靜寂
萬物行禮如儀

蘆葦

以為自己是蘆葦
被風吹著
腰桿能有多低就彎多低
但彎到最後
也總有斷的瞬間
你斷在路上
誰也不會多看你一眼

你輕輕飄過水面
以為那些漣漪
都是因你而起
那些語言
都穿過你而落入湖底
沉到最深最底

二〇一七年八月二十六日

鑽進沙中
以為自己可以撐起沙
有個居所
最後卻都成為沙穴
連生活都被吞噬

你起床
盥洗時看著鏡子
覺得自己更不像自己
你上班
默默給自己的微笑評分
覺得自己更像一顆螺絲
機器要有你才能運作
但你隨時能被替換
像被你換掉的其他螺絲
你逛超市
拿滿一車商品
再逐一放回架上
最後你拿起被挑剩的那些

回家吃進去
彷彿自己也成了
被挑剩的其中之一

每一天都是同樣的一天
以為自己是蘆葦
風一吹來就要彎腰
偶爾以為自己
真的是一根蘆葦
而且是斷在路上的那種

出門時鄰居向我借火

二〇一七年九月二日

出門時碰上鄰居
他向我借火
向我借點我也沒有的什麼
他說我真是個好人
世界要多一些
像我這樣脆弱的人
一起玩大地遊戲
就能令世界輕易地毀滅

孩子在外面玩肥皂泡
他們轉圈，旋轉像是不知疲倦
泡泡圍繞著他們
輕盈地飄著，輕易地破掉
畢竟我們都只是泡沫

在肉身與肉身之間
有大恐怖讓我們沉迷
像雨中的列車，駛進迷霧
語言全部變成易碎的謊言

你在夜裡照著湖水
看見一座火山
它正在掏空自己
它的一切都被借走
包括那些自己也沒有的什麼
像是名字，最後連存在
都被借去點燃像是狼煙
而山腳有獸的聲音
被縫在月亮的影子裡

回家時又碰上了那個鄰居
他舉起借來的火
說這火真是不錯
所有借來的東西都是不錯的

不屬於自己的東西
越多越好，像我一樣
而我看著自己手中握著的東西
一項一項逐漸不屬於自己

虛應

二〇一七年九月六日

他以為自己是火
穿過叢林的時候成為風
他年輕時語言充滿縫隙
住在修辭的牆裡
他從自己的故事裡
挖取秘密，像是從寄居蟹的
殼中倒出神秘的語言
他在夜裡，熟讀夜的紋路
像是讀通葉脈
向樹學習尋找水源的方法
並握緊自己的根活著
他以為自己足夠堅強
耐得住寂寞刷洗
靜寂的夜他將那些寂靜的歷史

逐一整理，放在一旁
用水浸著，浸著
彷彿久了就能使那些痛苦
變得充盈，更加豐沛
像豐收的雨水灑落
他知道自己如何努力
都比不上他人。他知道
自己是侵略的火
沒有人比他更理解自身的殘暴
沒有人比他更懂得
親手將一切摧毀的感覺
他人試圖詮釋他
與他的感受全然不同
像是一場雨
落進海裡而一切荒蕪
最後都走進了荒蕪裡一般

而他知道自己是水
他住在雲中，學習海的呼吸

讓自己落下，落下
就這麼落進海中
他知道自己應該成為
群體中的一份子
他與海中的生物共處
穿過他們的身體
留下一些什麼，也帶走
一些不屬於自己的什麼
他年輕時沉默像一株樹
死亡前看著自己
像一灘水，靜靜地躺在那
什麼也沒有，不像他人
年輪指涉著所有敘事
他焦慮，但不改變任何事實
他偽造自己的歷史
他替自己刻上年輪
他為自己指明方向
他試圖詮釋自己
讓他人的詮釋與自己相近

他在夜裡，製造自己的故事
他知道自己如何努力
都比不上他人。他知道
自己是一灘死水
沒有人比他更理解自身的空乏
沒有人比他更懂得
看著自己的虛無
像是整個世界都是虛無的感受
像是一場雨落了下來
澆熄了火，打皺了水
最後落進海裡而一切荒蕪
最後還是荒蕪什麼也沒有

你們說那些都是愛的表現

二〇一七年九月七日

你的母親
告訴你愛就是關心
他說你穿的衣服
那些褲子、鞋子
包括襪子上的線頭
都是他精心挑選
你吃的飯，生活起居
你往來的朋友
交往的對象
要符合他的喜好
你的髮型，你今天
該往右拐還是左轉
你以及使用的教材
應該符合他的形狀

你的世界告訴你
那些對你的期待
會使你變得偉大
你要成為更富有的人
你的財產決定了你的音量
你認為自己
是任人擺佈的棋子
他控制你往哪走
你就要往哪前進
你的母親，不斷強調
他是為了你好
他要你看看自己的根
要你成為有用的人
但大家最後都成為好用的人
做一個好用的人久了
就會忘了自己是誰
你認為愛的本質
就是替自己愛的人
調配他的時間，控制他

到你能看見的未來
任何自立的要求
都是對你的一種背叛
你要我看看自己的根
看看自己從何而來
彷彿所有人都是一株一株的樹
陳列在河岸邊
在時間的長河裡一一枯萎

你告訴我你那裡的雨還在下著

二〇一七年九月九日

你告訴我
你那裡的雨又開始下了
下得好大，好大
像你參加的最後一場葬禮
一切都被雨覆蓋
我們是雨的臟器
有序地走向生活的終結

你告訴我，你的日子
像是反覆被彎折的金屬
微波一些食品
彷彿自己也被微波了一遍
將自己的表情揉亂
固定成討喜的模樣

每天你都像在參加自己的葬禮
為自己翻土
因為沒有人會替你處理
土壤裡的碎石與枯根

你告訴我
有些什麼你說不出口
但他確實地發生了
有些詞彙似乎天生就是殘缺的
我們被教導許多曖昧的謊言
例如時間是最迷人的蠱
你不需要了解
但時候到了你就會明白

像痛苦或者失去嗎
你這麼問我，彷彿你
從未經歷過那些一般
因為雨，你的窗是模糊的
雨滴落在我的身上

那麼大力，像是要擊穿我的靈魂
你告訴我，你那邊的雨
仍在下著，求我別走
即使你也不知道
什麼時候才會天晴

若一切都只是我想像出來的就好了

二〇一七年九月十一日

一切都是我想像出來的嗎
像你們說的那樣
包括那些痛苦，包括
那些語言無法抵達的地方
我翻著書，那些書上的歷史
離我太遠，就像其他人
遠遠地看著我的故事

所有美的事物都離我們太遠
而我們不擅長製造近的事物
我們擅長拉開距離
使太近的事物毀滅
例如太近的痛苦
太醜陋，太像自己

太近的傷害令人不忍直視
靠得太近
使我們試著離彼此更遠

我想是太遠了吧
這也是我想像的嗎
那些殘酷的語言
像是火點在靈魂上
若人類有偉大之處
那必然是我們能向他人借火
了解火的恐怖
而有些人只是肆意
將借來的火
在他人身上點燃
他看著覺得暖
而我們都是燒盡的柴禾

一切都只是我幻想的吧
有一些善良的他者

良善地對待冰冷的物
我們的世界，早熟而又脆弱
像我曾讀過的一首詩所說的
如一顆軟弱的梨①
這是我想像出來的吧
像一場久病未癒的夢
善良像是一句卡在喉中的痰
痛苦則是虛構的謊

你說一切的病都是想出來的
我也希望
自己想的一切都能成真
像一首詩，「做一個幸福的人
餵馬，劈柴，周遊世界」②
我也希望，這些想像
能夠成真，例如：所有人
都有個溫暖的名字
都能祝他人幸福
都有自己的夢

不摧毀他人的故事
不成為他人的魔王
只看著自己的海
讀自己的故事
做自己的主人

註①「我們的世界，早熟而又脆弱／像我曾讀過的一首詩所說的／如一顆軟弱的梨」典出楊牧〈有人問我公理和正義的問題〉，「早熟脆弱如一顆二十世紀梨」。

註②「有一首詩是這樣寫的／做一個幸福的人／餵馬，劈柴，周遊世界」及此段許多句典出海子〈面朝大海，春暖花開〉，「從明天起，做一個幸福的人／餵馬，劈柴，周遊世界」、「給每一條河每一座山取一個溫暖的名字／陌生人，我也為你祝福／願你有一個燦爛的前程／願你有情人終成眷屬／願你在塵世裡獲得幸福／而我只願面朝大海，春暖花開」。

缺乏

二〇一七年九月二十二日

我們對死亡
所知甚少
我們總在想像
自己所沒有的經歷
天晴的時候想雨
落雨時
希望天青

我們想像愛
因為我們對愛
所知甚少
我從未轉身
怕身後一片荒蕪

再回頭
舉目只剩枯骨

我在荒漠中種花
埋自己的骨
澆自己的血
怕向誰開了口
就砍下了誰的枝枒
拿在手上
接不回去
也扔不下手

在無人的夜裡
你宣布這是一場盛宴
在桌上擺滿美酒
和豐盛的菜餚
靈魂穿過彼此
交換麵包或謊言
其餘的

我們什麼都沒有
但我們總是用沒有的事物
去換取存在的事物
像債，像生活
像更早地愛上他人

錯認

每個人
都有自己的路
偶爾走在一起
以為是同一條路
離開時
我們說那是分道揚鑣
但其實我們
本來就在不同的路上

我們將原料加工
再加工，再加工一次
試著遮掩
讓他人相信
這些是天然的

二〇一七年九月二十四日

宛如藝術品
閃閃發亮著的
是謊言

我們將暴力歸咎給愛
痛苦歸咎於藝術
音樂、體育，各項
可能的技藝
歸咎於什麼呢
我們是沒有那個什麼的國
我們是國嗎
我們是島
在航線上
我們共用同一條航線
最後錯身而過

我們錯估了一切
錯估身體
錯估語言

錯估了誠懇的謊言
有人說了笑話
我們得笑
有人說了謊話
我們得記著
等他的謊言成熟的時候
用這些語言照著他

照著他又能如何呢
冷冷的城裡
冷冷的人
每一個人冷冷地
看著彼此
彷彿彼此身後有些什麼
但我們知道
有些什麼的人
都輕易地過去了
他們都那麼清楚
最後卻又變得如此模糊

一個人是那麼易認
卻又那麼難以尋覓

猜疑

我們如何知道
自己不知道的事
知道自己不知道
但自己不知道
自己不知道些什麼
我們所有的一切
都是虛無，於是擁有的
就是沒有，像一場
盛大的海市蜃樓

我點燃自己的屋宇
知道自己是存在的
我痛，知道痛楚是自己的
語言是我們的磚

二〇一七年九月二十七日

感受是泥水
有人說你蓋的房子好美
有人說你的房子
應該一把火通通燒毀
我們如何確知
自身的存在
像我們描述他人一般
從他人口中
聽到描述自己的詞彙

與謊言告別
他們說你拿著謊
與真實告別
他們才信你誠實地
面對了自己
人是這樣的生物——
不信，猜忌，多疑
擅於編造神諭
一些言語

符合自己內心的形狀
就是真理
被自己的內心擋下時
就是野史

好人

二〇一七年十月五日

0.

「我想成為一個好人。」
他這樣告訴我
像是自己從未
好好當過一個人

1.

我只是不明白
此時所落下的雨
和彼時所落的雨
是同樣的雨嗎
我只是
想停止這場雨
彷彿這樣
就能停止
我不停落下的哀傷

2.

你告訴我
要比風更快
要比林中的陰影更快
走在恐懼的前面
看不到恐懼
就能當作他不存在

3.

我不知道如何
向你開口
向你坦承
這場雨對我來說太長
太長了
像是整個人生
都浸在雨水裡
當我醒時
我還留在這場雨裡
被人遺忘
我就是這場雨

4.

他們承認自己的殘忍
承襲野獸的思維
在影子還沒有那麼長的時候
我起來了
我像他們一樣
演個活人
我認識的美
和大家一樣
都沿襲著傷害而來

5.

它們走過來了
那些記憶
列隊，方正且堅硬
粗暴進入我的生命
希望我成為
如他們一般的人
——冷酷，殘忍且自私嗎？
不，是理智
依循世間道理
且為自己更著想一些。
你這麼和我說
放我在曠野中自生自滅

6.

「你知道的。」
不，我不知道。
「你這麼好的一個人。」
像一個祕密的直銷團體
賣虛構的故事
買他人的信仰
為了成為一個善人
你成為了一個惡人

7.

「我想成為一個好人。」
他這麼告訴我。

他來了，媽媽卻走了
七歲的時候父親也走了
父親的母親告訴他
做人要有個形
不要像個放養的野禽
他每天吃冷凍的食品
那些食物
味道都是一樣的
自己像是也要成為一樣的東西
十五歲的時候
他和同班的男孩才牽起手
隔壁教室的學長
用暴力穿過漫長的甬道
讓他們的手斷成兩截
十六歲的時候
他被父親的母親趕出家裡
雨打在他的身上
他只能走進自己漆黑的甬道

8.

這是好長
好長的一段路
所有的歷史
都像是幻覺
那些痛苦都確實地留下了什麼
這條甬道越來越狹窄
十六歲以後

他就住在裡面
以此謀生，以此體驗
一次又一次的死亡
有些人告訴他
你要將顧客當作上帝
但上帝
即使關了你所有的窗
也不會要你打開後門讓祂進去

9.

「我想成為一個好人。」
他這麼告訴我。

他已經是一個好人
即使像一張紙
尤其像個寫滿荒謬劇的劇本
穿過甬道的人
留了很多東西在裡面
有些人留下藥物
有些人留下創傷
有的時候
你會知道許多藥
並不使人更好

10.

有些人
喜歡將生命掛在他人手上
然後假裝無辜地說
這也是一條生命

11.

他是一個好人
只是發生在他身上的所有故事
都是錯誤的悲劇

12.

我想向你詢問
我們做錯了什麼嗎
我們來的時候
和所有人一樣
赤手空拳

我們不帶希望地來
有的時候也不帶希望地走

13.

你告訴我
別將所有的雨水
都裝進自己的世界裡

我知道
這像是一種強迫症
所有的好
都是一種意外的驚喜
所有的壞
卻都是從自己身上
長出的枝枒
溢出的黑水

時間是黑色的湖
我們越走向前
就朝越深的地方前進

14.

「我想成為一個好人。」
他這樣告訴我。
你一直是個好人
至少那些插在你身上的武器
你從未將他插在
另一個人身上

過站

二〇一七年十月十日

車安靜地過了站
影子在樹的縫隙間閃爍
有些故事
眨眼就這麼過去了

在故事裡的你
剛穿過一片模糊的霧
你看霧裡的自己
更清晰了一些
在霧之外的自己
卻更模糊了一點

你特別留意了自己
寫下的字

在他們是字之前
是些什麼，我是說
那些故事，他們都有
成為故事的價值嗎

什麼時候你也在意價值了
蟬在樹上叫著
那些聲音尖銳又綿密
在不經意時，我們的人生
便被那些尖銳的事物充滿
你走過這片霧
知道這片霧一直在這

有時我們拿霧霾
縫補缺少的情節
你不知道那些使人痛苦的
刀或者是銳利的物品
也能成為止血的器具

車安靜地過了站
你穿過霧織成的樹林
我向你揮了揮手
你頭也不回
我看著你走

有些人要求我

二〇一七年十月十八日

有些人要求我
過點體面的生活
譬如問我
你為什麼不反抗呢
如果是我，我會
讓自己成為銳利的刺
他們這麼說著
一邊舉起自己朝我刺來

有些人要求我
有病得治，得吃藥
得接受大家的好意
憂鬱也要憂鬱得體面一些
才能夠得到大家的同情

你為什麼不振作呢
他們這麼問我，但自己
也沒有要振作的意思

有些人要求我
在傷心的時候，要說些快樂的事
「你把自己的不堪
都放在大家的面前
誰還會愛你」
我沒有要誰愛我
我只想要傷心時
能坦白自己的傷心
像花到了花期
就會盛開

有些人告訴我
你是值得的
但他們的行為告訴我
我是不值得的

這個世界的開關
握在那些開心的人手上
握在那些有錢的人手上
不開心的人
連語言都會被限制
沒有錢的人
連生病都不被允許

有些人活得像是一棵樹
所有的鑿痕
隨著成長而變得越來越大
有些人活得像一片湖
那些痛苦
都沉在最深最底的地方
有些人則是一團火
火都點在他人身上

遮掩

二〇一七年十月三十日

你說那些美的
都應該更幽微
像一株黑色的火焰
在夜色中隱約地燒著

我在沒有光的地方站著
所有語言都只剩一半
我們——
我們是如此地貧脊
那些痛苦被一一強調
我彷彿聽到柴火燃燒的聲音
在夜裡慢慢靠近

我不再是個純粹的人了
或者沒有誰是純粹的
曾以為人生是加法
後來發現是減法
加上去的都是物質的
被減去的
都是我所珍惜的

我站在太陽下
身旁的影子越來越少
你說那些
太明確的事物
是美的缺乏
——那我的生命
是美的嗎
我們有太明確的痛苦
我們是荒謬的語言
因為我們對萬物的不信
所以我們相信

你不知道自己
離自己到底有多遠的距離
你說那些美的
都是幽微的
我彷彿也理解了
那些醜陋的
也都是美的
我們將霧縫進現實裡
美就在霧中
安靜地跳起舞來

井底

二〇一七年十一月一日

他知道一切都是奢望
例如一個人
能夠真正理解另一個人
誰不是破破爛爛的活著
卻有些人
注定好得要快一些

他怕自己太慢了
復原的速度
比受傷的速度要慢
世界有無數的陷阱
我們以為的機會
影子裡全是乾枯的骸骨

誰學習了誰的語言
又怎麼樣呢
學了不同的語言
想說的話就不一樣了嗎
我們體驗到了痛苦
快樂難道就不存在了嗎

我怕自己離得太遠了
怕忘了自己活著
有的時候死亡與生活
是如此貼近
愛只是一個字
但有的時候我們連一個字
都說不出口

離開

你走了以後
我這一直在下雨
我每天都會照鏡子
發現自己
頭髮又長了一些
鬍渣佔據我半張臉
而我快看不出自己
原本是什麼模樣
你在的時候
有些話
一直沒有說出口
在體內變得越來越大
越來越像
一棵枯萎的樹

二〇一七年十一月八日

我知道那些痛苦
比想像中簡單
時間並不因為快樂
或傷心變得更快
或者緩慢
只是有的時候
五分鐘就足以進入
深邃的冬季
身邊滿是落葉
而雨才剛剛落下
我們被雨淋濕
不過也就幾秒的事
痛苦就這樣
滲進了我們的身體裡
像雨就這樣落進湖裡

我看見無數的雨
落進湖裡，像我們
默默地走進人生裡

有時回過神來
卻已成為了湖的一部分
我們在生活裡
獨自地來，獨自地走
有的時候並肩而行
有的時候轉過身
說了再見，便是永別
有的時候——
我們有太多特殊的時間
被放在角落積了厚厚的灰
有的時候你走
什麼話都沒說
什麼都沒有帶走
我也只能看著你離去
像也有誰
會看著我離開一般

自認

二〇一七年十一月九日

你告訴我，語氣輕柔
像是在和孩子說話一般
你說和我之間
有密切的關係，像雨水
和雨水之間
本來就是一體那樣的熟悉

你告訴我，輕車熟路地
關於我的各種喜好
你彷彿比我
還要了解我自己
（我依稀想起
誰是這樣說的：「最了解你的
永遠都是你的敵人」）

我像湖邊的草
向著湖水的方向
更靠近了一些

你說這一切（我是說
包含那些風花雪月）
都無關於現實
我們和虛構的語言
本來就靠得太近
我是指，我們——
這些痛苦靠得太近
讓彼此都忘記自己原本的面貌
有一些技藝是注定被流傳的
例如謊言，例如
傷人的技巧，以及那些
受傷後仍若無其事
談天說地的模樣

你說的謊太多
足以撐起一座虛構的迷宮
我們都是其中的囚犯
一起吃人生的牢飯
一起對人生撒謊
一起背對彼此走下去
一起被關
卻不被一起釋放

留下

二〇一七年十一月十三日

你站在雨中
試著讓雨水打穿自己
你已經遺忘
自己都經歷了些什麼
你記得自己是誰
然而人的本質
是逐漸模糊、淡化
甚至和遺忘更為接近

不是這樣的
你想，像一隻鳥一般
嚮往更高的天空——
鳥真的嚮往更高的天空嗎
你沒有答案

你希望鳥這麼想著
這會讓你更好一些
人著迷於為空白著色
像一幅風景
也從來不會自覺美麗或醜陋

不知道這場雨
什麼時候才會停
你感覺安心
彷彿雨水正在替換自己
早已枯死的悲傷
你知道這一切是不得已的
生活不是一場散步
你不會停在原地
有的時候
你知道自己傷心
走到窗外
看著天色，你知道雨要下了
你知道雨就要下了

如果我們能記得一切
像在窗上留下指紋
你在雨後的冬日
朝著玻璃哈了口氣
那些被留下的
清晰地展現在我們面前
我們是多麼地
多麼地惶惶不安
生活在我們身上留下痕跡
我們最終都成為了
他們希望我們成為的模樣

我是不愛你也不恨你的那種人

二〇一七年十一月二十三日

恨你的人
握住你的手
要你掏出自己的心
在他眼裡
你是一座沼澤
許多虛構的故事
自其中而生
你是謊言
風從門縫中溜進來
給你一片雲
你就變成一場雨
有雷聲在遠方
提醒他你的存在

愛你的人
給你他的心臟
那是一顆
多麼美麗的心
多麼美麗
所有的錯誤
都能看成正確的事物
我躺在泥裡
希望自己
有和諧的旋律
但我們張口
就是完美的不協和音

我是不愛你
但也不恨你的那種人
我在睡覺時
開一條門縫
但你不准入內
夜裡我留一盞燈

但沒讓你偷我的光
有的時候我落下一場雨
你沒打起傘
以為那與你無關
你以為那些與你無關的
都和你有關
你以為那些和你有關的
都是自作聰明

讓你們說出這些幹話都是我們的問題

二〇一七年十一月二十三日

有些人說
如果一定要有假
那就請喪假吧
有些人會說
病假是自己生病才請
那喪假是否也是
要自己死掉後才能請
我們要討論正當性

人已經死了
究竟是工作比較重要
還是死人比較重要
活人是有產值的
死人——
死人不在我們的考慮範圍內
反正人都死了
工作完成後再送他一程
也不算太晚

你不必和我說太多
這不在我的業務範圍內
你們希望我完成的
太多、太多……
我像累贅的字
你們應該要自立自強
不能什麼都賴在政府頭上
民主——
你是民，我是主

你要學會當一個好的人民
我就會當個好的奴隸主

年輕人都應該做個無殼的蝸牛
應該認命，別覺得不公
年輕人——
年輕人應該怪自己不夠努力
買不起房子
一棟房子千萬起跳
只要不吃不喝三年——
不對，三天就有
三天不吃不喝，就有紙紮屋
可以馬上擁有
一卡皮箱輕鬆入住

你一定有病吧
過勞這種東西如何定義
沒有過勞死
他是一種現象

不是一種醫學名詞
像雨，如果雲裡沒有水
天氣再濕也下不來
如果你沒有病
勞動多久都不會死

所以我們應該都要積點陰德
不是積積陰德
人為了當一個人
要犧牲的太多了
台灣是一個功德社會
我們累積的功德
可以直接造化成物
勞斯萊斯好多台
莊嚴精舍無數間
我們有這麼多、這麼多
沒有意義的金錢在流動
卻沒有辦法拯救
無數正在磨損的齒輪

我是說——
那些吃完這一餐
不一定有下一餐的人們
大家都是被犧牲的那一群
我們也有心懷天下的時候嗎
我們也有
不被那些心懷天下的人
當作一顆棋子的時候嗎

年輕人沒有五百萬
別想掌握自己的命運
一個月只有三萬
就像一棵樹
只結三顆果實
如果你不夠吃
你可以去摘其他樹的果實
你回家向爸媽要兩萬
那你一個月就有五萬
這真是厲害的方法

當個有良知的土匪
對父母下刀
才不會危害社會

我們都是同一根繩上的螞蚱
你只圖個人利益
國家就會衰弱
我總不敢問
你把所有人都犧牲了
那哪裡還有國家
你們說這一個世代已經崩潰
你們說有病要看醫生
我想我們都病了
這個國家病了
免疫系統一換再換
壞了換一組
換了一組還是壞的
你們說別造成世代對立
但出了問題

你們都想說是我們的問題
都是我們的問題

後記：感謝——
中華民國工業區廠商聯合總會副理事長任水柳
無名慣老闆
現任總統蔡英文
彰化活力旺企業協會榮譽理事長蕭明仁
行政院院長賴清德
戴勝益董事長
環球經濟社長林建山
林靜儀委員
邱議瑩委員
共同完成此作品

好人

宋尚緯

作者 宋尚緯
編輯 林聖修
設計 張家榕
行銷 劉安綺
發行人 林聖修

出版 啟明出版事業股份有限公司
地址 台北市敦化南路二段 59 號 5 樓
電話 02-2708-8351
傳真 03-516-7251
網站 www.cmp.tw
服務信箱 service@cmp.tw

法律顧問 北辰著作權事務所
印刷 漾格科技股份有限公司

總經銷 紅螞蟻圖書有限公司
地址 台北市內湖區舊宗路二段 121 巷 19 號
電話 02-2795-3656
傳真 02-2795-4100

中華民國 107 年 2 月 初版
ISBN 978-986-95330-3-4
定價 新台幣 380 元

國家圖書館出版品預行編目（CIP）資料
好人 / 宋尚緯作 . -- 初版 . -- 臺北市 :
啟明，民 107.02
面；　公分
ISBN 978-986-95330-3-4（平裝）
851.486　　106025166